모락모락

우리들은 자라서

차홍 글 ○ 키미앤일이 그림

문학동네

1

갑자기 빛이 쏟아졌어.

윙윙, 하얗게 흔들리는 불빛에 눈을 찡긋거리다 너는 갑자기 크게 울었어. 나도 푹 젖어선 낯선 풍경이 두려워 잔뜩 긴장하고 있었지.

간호사가 도톰한 수건에 우리를 돌돌 감아 누군가의 품안에 안겨줬어.

아빠와 엄마야.

눈물을 글썽이기도 하고 웃기도 해. 그리고 계속 너의 이름을 부르고 있어.

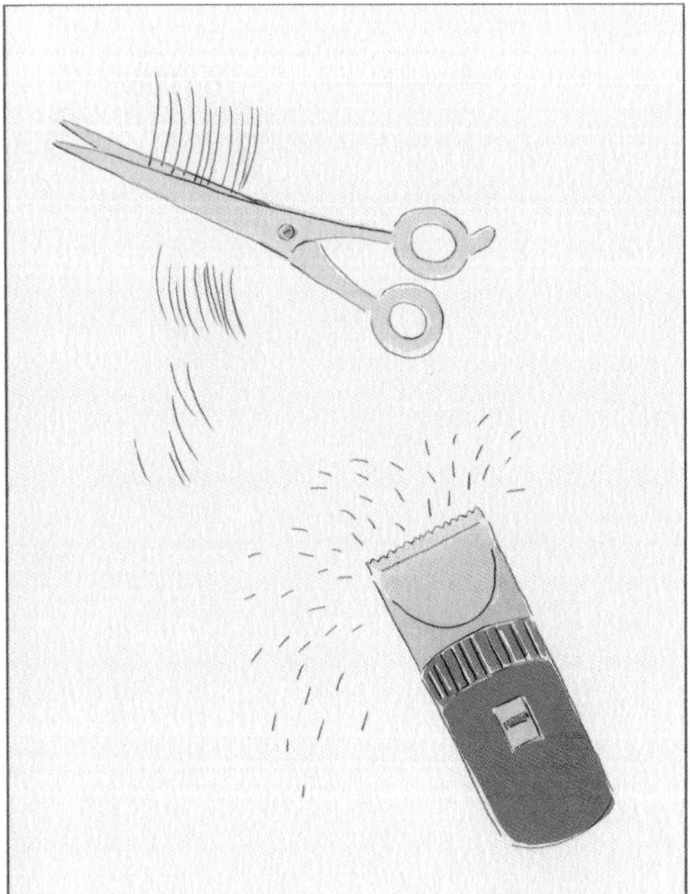

2

어른들 사이에서 실랑이가 벌어졌어.

너는 크게 울고 나는 쭈뼛해졌지.

머리를 가위로 자를지 바리캉으로 밀어버릴지 고민중이래. 드드득, 무서운 소리를 내는 기계로 나를 밀어버린다니.

엄마는 머리를 밀면 더 잘 자란다고 말하는 중이야. 맙소사, 그런 얘기는 누가 전해준 걸까?

바리캉을 들고 있는 사람이 진지하게 말하네.

"엄마의 몸속부터 함께한 소중한 배냇머리이니 가위로 잘라 붓을 만들어보는 건 어떨까요?"

엄마는 그 말이 무척 맘에 들었나봐.

잘은 모르겠지만 정말 근사한 방법이야. 내가 아주 특별한 무언가가 될 것 같아!

3

캄캄한 밤.

창밖에서 휘잉, 소리가 들려오고 방안엔 그림자가 유령처럼 흔들리고 있어.

앙— 너는 무서워서 울어버렸어.

그때 노란 불이 켜지고 엄마가 들어왔지.

엄마는 너를 꼭 안고 낮은 목소리로 이야기를 들려주네. 너는 아직 잘 알아듣지 못하지만 그 말들이 참 포근해.

엄마의 손가락 사이로 머리카락이 스르륵스르륵 지나갈 때마다 부드러운 바람이 부는 것 같아.

엄마가 있어서 정말 다행이야.

4

너는 한쪽 머리를 묶다가 식탁 밑으로 도망가버렸지.

잔머리가 조금 나와 있는 게 나쁘지 않은데 왜 그리도 세게 묶는지 이해가 안 돼. 머리끈을 뺄 때 몇 가닥이 뽑혀나가기도 한다고.

나는 한자리에서 평생 일곱 번 정도만 자라. 그래서 더욱 조심해야 해.

엄마가 작은 가위를 가지고 살금살금 식탁 아래로 들어왔어. 당겨진 머리카락을 조금씩 빼서 아주 조심조심 잘라 편안하게 만들어주었어.

이제 머리 묶은 곳이 덜 아픈 것 같아.

5

머리 감는 게 무섭구나.

물소리만 들어도 눈 코 입에 물이 들어올 것만 같아 무섭겠지만, 머리를 안 감으면 고약한 냄새도 나고 나쁜 세균들이 머리카락에 붙어 있다가 너를 아프게 할 수도 있다고.

오늘은 머리를 감는 대신 엄마와 머리 감기 인형 놀이를 했어.

"동글동글 쿠션 빗으로 머리카락을 밑에서 위로. 그다음엔 머리피부도 부드럽게 위로 빗질."

어, 엉킨 머리가 다 풀렸네? 너는 어느새 방긋 웃고 있어.

"빗질을 안 하고 머리를 감으면 엉켜 있던 머리들이 아야, 하면서 빠져요. 빗질은 숨어 있던 나쁜 것들을 미리 내보내주기도 하지."

너는 샴푸를 짜 조물조물 머리카락을 만져주었어.

"머리를 감을 때는 손톱이 아닌 손끝으로. 손톱은 날카로워서 상처가 날 수 있어. 그다음은 고개를 젖혀 꼼꼼히 물로 씻어내기. 샤샤, 물소리는 무서운 게 아니지."

깨끗이 물로 헹구고 머리를 말리니 인형이 처음 만났을 때처럼 반짝거려. 예뻐라, 너의 눈도 반짝거리네. 엄마와 인형 놀이가 즐거워. 그리고 너는 이제 머리 감는 게 무서운 일이 아니라는 것도 조금 알 것 같아.

6

온 집안의 불을 끈 밤 아홉시.

아빠가 동화책을 읽어주고 있어. 책 한 권을 다 읽었는데도 잠들지 않는 너에게 아빠가 너만큼 어렸을 적의 이야기를 해줘. 즐거웠던 일, 슬펐던 일, 혼났던 일…… 처음 심부름 갔던 이야기는 또 들어도 언제나 재밌어.

너는 하품을 하면서 생각을 하지. 이렇게 큰 아빠가 나처럼 작았던 적이 있다니. 아빠가 친구처럼 다정하게 느껴져.

"아빠, 근데 왜 꼭 일찍 자야 해? 난 이제 밤도 도깨비도 하나도 안 무서운데."

"대견하네, 우리 딸. 하지만 밤 열시부터 새벽 두시 사이에 너의 몸안에 있는 세포들이 많이 활동하고 성장을 해. 밤새 자는 동안 너의 몸도 마음도 머리카락도 무럭무럭 자라는 거야."

"아빠, 세포가 뭐야?"

"너의 몸안에서 널 지키고 보살피는 눈에 보이지 않는 아주아주 작은 요정들이야."

너는 아직 모르는 게 너무 많은 것 같다는 기분이 들어. 아빠에 대해서도, 너를 지키고 있는 요정에 대해서도. 하지만 네가 자는 동안 네가 자란다는 말은 정말 멋진 것 같아.

7

"엄마, 난 파란색이 싫어."

"왜? 작년에 갔던 바다가 파란색인데?"

"음, 그럼 나는 갈색이 싫어."

"네가 좋아하는 흙장난 흙이 갈색인데?"

"계속 그러면 안 예쁜 색은 없잖아!"

"맞아. 세상에 안 예쁜 색은 없어."

"엄마, 난 초록이 좋아."

"엄마는 초록보다 노랑이 더 좋은데?"

"말도 안 돼. 오로라는 초록색이라고! 얼마나 예쁜데. 나는 어른이 되면 꼭 오로라를 보러 갈 거야."

"그래, 초록도 파랑도 갈색도 노랑도 다 예뻐."

"엄마, 이게 뭐야. 색이 엉망이 돼서 검정이 되어버렸어. 어떡해, 안 예쁘지?"

"자, 이렇게 하나하나 색들이 모두 담긴 게 검정이야. 멋지지? 너의 반짝이는 까만 머리색 같아."

8

오물오물 달콤해.

바람을 불어넣으면 동그랗게 부푸는 풍선껌에 푹 빠져 있구나. 조몰락조몰락 손으로도 만져보고 잃어버릴까 벽에다 붙여두었지.

그런데 웬걸. 이 껌 녀석이 어느새 오른쪽 머리에 찰싹 붙었네.

껌을 떼려다 머리카락이 얼기설기 새 둥지가 되어버렸어. 너는 겁을 잔뜩 먹었고 엄마는 고민하다 결단을 내렸지.

세상에! 머리가 싹둑, 나의 한쪽이 움푹 잘려나갔어.

너는 내 머리라며 울어댔지.

네가 나를 이렇게 생각하고 있었다니 놀랍네.

오늘 너는 즐거운 일 뒤에 나쁜 일이 생길 수도 있다는 걸 알게 된 거야.

9

엄마가 음악을 틀어놓고 화장대 앞에 앉았어.

머리에 헤어롤을 말고, 고개를 거울 앞으로 내밀고, 한쪽 눈을 지그시 감고 눈화장을 하고 있지. 허리를 부드럽게 흔들며 노래를 흥얼거려.

"케세라세라."

음악도 신이 나고 노래를 부르는 엄마는 정말 예뻐 보이네. 너는 가까이 붙어 엄마처럼 머리에 헤어롤을 말고 화장품을 만지작거리며 물었지.

"엄마, 근데 이 노래는 뭐라고 말하는 거야?"

"어떤 소녀가 엄마에게 물었대. 커서 무엇이 될지를 말야. 예뻐질지 부자가 될지 궁금했나봐."

너는 눈을 동그랗게 뜨고 되물었지.

"그래서?"

"뭐든지 될 거야, 무엇이든 될 거야, 라고 엄마가 말해줬대."

"엄마, 무엇이 되는 게 뭐야?"

엄마는 화장을 멈추고 너에게 눈을 맞추고 이야기했지.

"무엇이 되는지는 아무도 몰라. 그건 너만 알고 있는 비밀 같은 거야."

엄마는 정말 어려운 말을 하네. 하지만 무엇이 된다는 말에 너의 가슴이 두근거리네.

10

너는 네가 경험하는 것들을 모두 믿는구나.

생각을 하기보다 먼저 손을 내밀어 만져보지. 그리고 가까이 다가갔다 공처럼 튀어오르기도 하고 가끔은 팔을 펼쳐 날갯짓을 하기도 해. 나도 너를 따라 여러 방향을 향해 날아올라 있어.

너의 말들은 노래 같고 어떤 때는 말을 하지 않아도 노래를 부르고 있는 것 같아.

11

부쩍 거울을 보는 일이 많아졌어.

거울 속의 너를 보며 만족스럽게 웃기도 하고 어느 날은 이리저리 살피며 얼굴을 찡그리기도 하지.

이상하지. 너의 얼굴은 같은데 말야.

12

집 앞 앵두나무를 보면서 엄마가 말했어.

"지난 사 년 동안은 많이 안 자라더니 올해 갑자기 커버렸네."

너도 꼭 그렇잖아. 신기하지, 나무도 너도 어느 순간 쑥 자라버린다는 게 말야. 그리고 그건 정말 이상한 일이지. 너는 그대로인데 몸만 어른이 되려고 한다니 말이야.

엄마는 햇살 아래 빨간 앵두를 하나하나 따서 노란 소쿠리에 담았어. 그러고는 흐르는 찬물에 씻어 너의 입에 쏙 넣어줬지.

"엄마, 쓴데 달콤해."

엄마는 쏟아지는 햇빛을 등지고 웃으며 너에게 얘기해.

"나중에 신기한 걸 더 많이 알게 될 거야."

13

너는 오늘 이유 없이 네게 나쁜 말을 하는 친구 때문에 많이 힘들었지. 엄마는 너를 꼭 한 번 안아주고는 어떻게 하면 좋을지 물었어. 너는 한참을 망설이다 말했지.

"아프다고, 그건 나쁜 말이라고 말해야 할 것 같아. 안 그럼 내가 계속 맘이 아플 것 같아."

엄마는 너의 말이 맞는다고 얘기해줬지. 정말 안심이야. 화를 내거나 속상해할까 걱정이 많이 되었거든.

"엄마, 그 아이는 인기가 많은데 괜히 말했다가 친구들이 나를 떠나면 어쩌지?"

"만약 친구가 너와 같은 일을 겪으면 넌 그 친구를 떠날 거니?"

"아니."

"그런 일로 너를 떠난다면 너를 괴롭히는 친구처럼 그건 너의 친구가 아니야. 그리고 모두와 다 친구로 지낼 수는 없어. 엄마도 그래."

"이런 얘기를 하는 난 아직도 어린애지?"

엄마는 너를 보며 부드럽게 웃으며 말해주네.

"속마음을 이야기한다는 건 어리다는 것이 아니라 서로를 사랑하고 있다는 거야."

너는 말해서 정말 다행이라는 생각이 들었어.

14

며칠 전 맞춘 교복이 집에 도착했어.

종이 가방 속 차곡차곡 접힌 교복을 콩닥거리는 마음으로 꺼냈지. 너는 빳빳한 셔츠를 입고 조끼를 걸쳤어. 셔츠가 구겨지지 않도록 조심스럽게 치마를 입고 재킷을 입고 마지막으로 넥타이까지 맸지.

이마에 난 식은땀을 닦다 무언가 빠진 걸 알았어. 바로 엄마와 함께 산 커피색 스타킹이야! 보드라운 실크처럼 착 감기며 올라오는 스타킹을 신을 때는 정말 어른이 된 것 같은 묘한 기분이 들었어. 설레는 마음으로 거울 앞에 섰지.

근데 뭐가 좀 이상하지 않니? 맙소사, 옷이 너무 큰 것 같아!

너는 큰일이 났다고 엄마를 불렀어. 엄마는 네가 키가 부쩍 크고 있어 크게 맞춘 거라고 했지. 너는 온몸에 힘이 쭉 빠졌어. 오랫동안 상상해오던 교복 입은 언니들의 모습이 아니었거든.

엄마는 잠시만, 하더니 열심히 빗질을 하고 머리를 묶어 언니들처럼 바꿔주었어. 하지만 아무런 소용이 없었지. 커다란 교복은 여전히 구름처럼 둥둥 떠 있었거든.

15

머리에서 낯선 냄새가 나기 시작한 것 같아.

너는 이상하다며 킁킁거리기 시작했지. 엄마도 코를 묻고 맡아 보더니 나쁘지 않다고 하는데 너는 그게 말이 되느냐며 울상이야.

나는 조금 억울했어. 지금 너는 호르몬 때문에 피지가 많이 분비되어서 그런 거지 나의 잘못은 아니라고. 넌 머리를 하루에 두 번씩이나 감고 빨래하듯 나를 거칠게 다루었잖아.

진정 좀 하라고, 나는 잔머리까지 쭈뼛 세우며 화를 냈지. 한 번이면 충분해, 라고 말하고 싶지만 요즘 너는 내 말은 통 안 듣잖니.

며칠 후 교실 문을 열고 들어오는 선생님이 큰 소리로 외쳤어.

"아쿠, 사춘기 냄새. 창문 좀 열자!"

너는 알게 되었지. 친구들 모두에게 머리 냄새가 나고 있다는 걸.

이상하게 안심이 되지?

16

도서관 안으로 숨어들었어.

책장 사이사이 길 위에는 손이 닿는 곳마다 아직 만나지 않은 친구들이 있어. 누굴 만나든 아무도 너에게 뭐라 하지 않는 곳. 아무도 너에게 말을 걸지 않고, 오직 창가의 햇살 아래 하얀 먼지들만이 주목받는 곳.

넌 책장 그림자 위에 앉아 머리카락을 커튼처럼 드리우고 책을 읽고 있지.

17

엄마는 너의 이마 여드름이 귀엽다고 했어.

너는 이제 귀여울 나이는 아니라고 울상을 지으며 방으로 들어갔지. 나는 생각했어. 도대체 귀엽지 않으면 어떻기를 바라는 거니!

엄마는 여드름을 손으로 만지면 곪고 흉터가 생긴다고 말했는데 그 말을 듣기는 한 건지. 너는 거울 앞에서 이리저리 만지고 누르고 짜고. 혹시 지금 여드름 실험을 하는 거니?

다음날 여드름은 곧 폭발할 화산처럼 커다랗게 부풀었고, 너는 한참을 들여다보다 한숨을 쉬었지. 그러고는 의미심장한 표정으로 부엌에서 가위를 가져와 나를 붙잡았어. 나는 비명을 지르고 싶었지. 설마 너 지금 나를 자르려는 거야?

후드득, 앞머리가 잘려나갔지. 맙 소 사.

너는 여드름을 숨기려 나를 희생시켰지만 앞머리로 가리면 더 심해진다고.

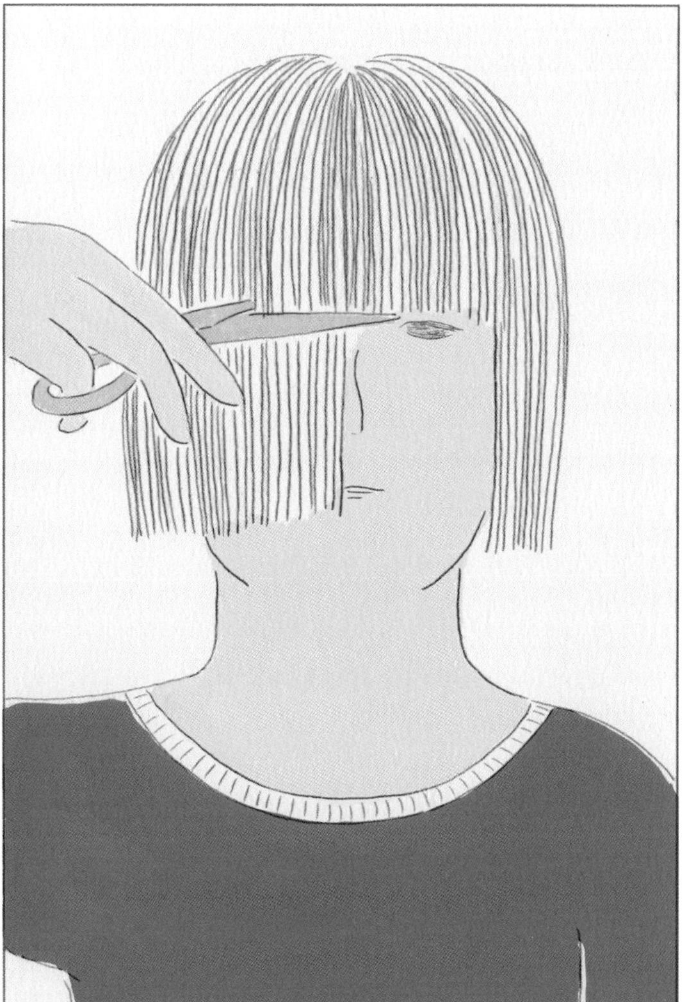

18

수학여행 사진을 열심히 들여다보고 있어.

하얗게 흩날리는 벚나무 아래 아이들이 웃고 있네.

아빠와 엄마는 손가락으로 사진을 훑으며 널 찾았어. 너는 왜 한 번에 못 찾냐고 했지만 아빠와 엄마의 사랑이 식은 게 아니야. 모두 똑같은 교복에 머리 스타일도 거의 똑같잖니?

나도 나를 찾는 데 시간이 걸렸다고!

19

친구와 독서실 앞 계단 모퉁이에 앉았어.

오늘 밤하늘이 까매서 별이 더 예뻐 보인다고 친구가 말하네. 올려다보니 저멀리 겨울 밤하늘 사이사이 별들이 있어.

친구는 커서 무엇이 되고 싶으냐고 네게 물었지. 너는 오늘따라 대답하는 게 망설여지네. 친구는 기차를 타고 비행기도 타고 아주 멀리멀리 다녀보고 싶다고 얘기해. 나중에 우주도 가보고 싶다고. 오늘 친구의 옆모습이 정말 커 보여.

갑자기 미래가 너무 커다랗게 다가온 것 같아.

20

무작정 미용실에 들어가 노랗게 탈색을 해달라고 했어.

내가 얼마나 아플지 생각도 안 하고, 기미도 없이 이런 큰 계획을 세우다니. 혹시…… 즉흥적인 건 아니지?

세 시간 동안 나는 정말 따갑고 힘들었다고. 이십 년 평생 가장 힘든 시간이었지. 탈색이 끝나고 미용실을 나왔을 때, 병아리 털처럼 변한 내가 바람에 흩날렸지. 너의 두근거리는 심장소리가 들리는 것 같아.

그래, 나 괜찮은 거지?

21

잠들기 전부터 아침이 기다려지고 하루가 한 시간처럼 지나갈 수도 있다는 게 신기해. 너는 노래를 부르기도 하고 부쩍 들떠 있지. 발걸음은 춤을 추는 것 같아. 머릿결도 너의 몸처럼 살랑살랑 기분좋게 흔들려. 너는 정말 예쁘고, 세상이 온통 너를 향해 있는 것 같아.

너, 사랑에 빠졌구나.

22

헤어 디자이너가 자신감 넘치게 머리를 매만지며 지금 제일 유행하는 스타일이라고 말해줬어. 너는 안심했지.

길을 나서는데 정말 유행인가봐. 다들 얼굴은 다른데 너와 스타일이 비슷한 사람들이 거리에 가득하네. 나는 생각했지. 유행이라는 건 어쩌면 교복 같은 건가 하고 말야.

이 머리가 너에게 어울리는지 모르겠지만, 그래도 네게 추억이 된다면 나쁜 건 아니라는 생각이 들어.

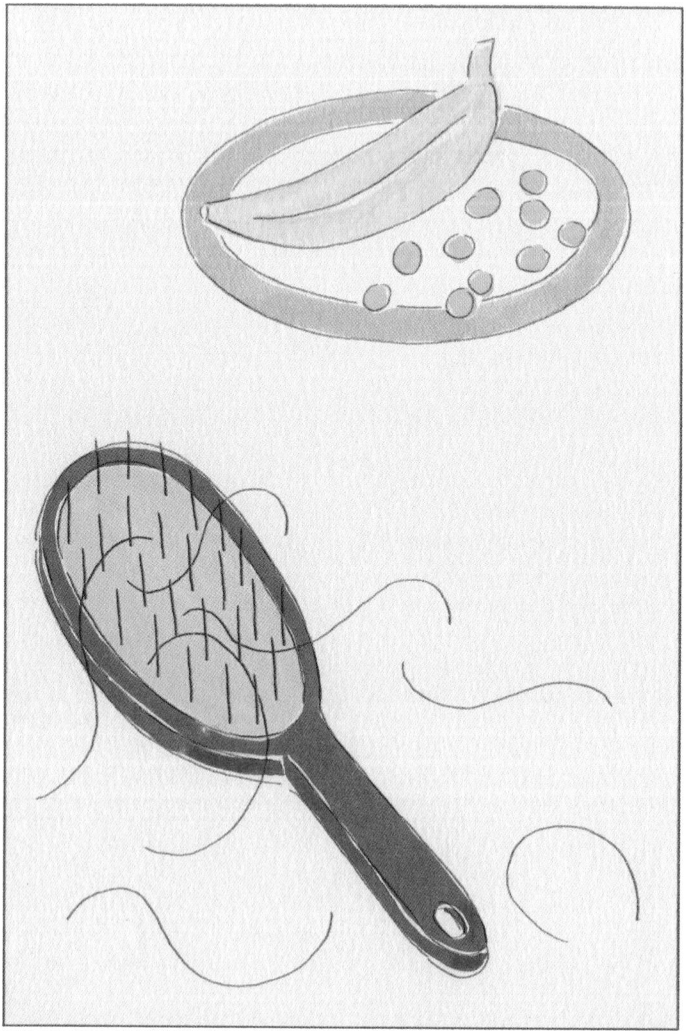

23

너는 체중계 위에서 신음을 냈지.

화가 난 사람처럼 힘주어 방문과 다이어리에 계획표를 붙이고. 버틸 수 있을까 싶게 새 모이만큼을 먹고 밤에는 언덕을 오르며 조깅을 하네.

내가 걱정한 일들은 결국 현실이 되었지. 피부도 푸석푸석해진 데다 나도 후드득 빠지고 있어. 나는 영양소가 필요하단 말이야. 탄수화물을 먹지 않으면 불행해진다는 거 몰라? 너는 요즘 예민한 고양이처럼 어슬렁거리는구나. 오히려 예전보다 더 안 예뻐졌다고!

24

전날부터 정신이 없었어.

정장을 다리고, 거울을 보고, 계속 무언가를 작게 말하며 연습했지. 네가 긴장을 하니 나도 식은땀이 나네. 늦은 밤, 뭐가 그리 급한지 너는 샤워를 하고는 머리도 안 말린 채 또 웅얼거리며 공부를 하네. 나도 웅얼거렸지. 각질이 생겨도 난 몰라.

너는 스탠드가 켜진 책상에서 깜박 잠들었고 어느 순간 아침이 되었어. 벌떡 일어나 시계를 보고는 아찔해졌지. 근데 뿔이 난 것처럼 오른쪽 머리가 심하게 뻗어 있네. 아이쿠, 머리를 안 말리고 자서 그래.

너는 지금 시간이 없나봐. 파인애플 꼭지처럼 머리를 질끈 묶어버렸어. 엄마는 아침도 거르고 급하게 나가는 너에게 면접을 잘 보고 오라고 했지. 세상에, 그런데 너는 소리를 지르네.

"머리 때문에 다 망했어!"

정말 그렇게 생각하니?

25

너는 바람을 밀며 카페 문을 열고 나왔어.

갈색 털모자를 눈썹 밑으로 푹 내려 쓰고 분주한 사람들 사이로 걸어들어갔어. 하늘에서 눈이 내리고 땅에서도 눈이 올라와 너는 하늘로 걸어올라가는 것 같았지. 어디선가 익숙한 캐럴이 흘러나와.

신기하지. 사랑이 계절처럼 변하기도 한다는 게 말야.

26

가족이 아닌 친구들과 처음으로 여행을 떠났어.

작은 불안감은 설렘이 되고 결국엔 즐거웠지. 기차 안 빠르게 지나는 초록빛 창, 햇빛이 쏟아지는 바닷가, 보석처럼 빛나는 모래사장은 모두 처음 보는 것처럼 새롭고 흥분이 되었어. 너는 신이나 모자도 쓰지도 않고 친구들과 모래밭과 바닷가를 탐험하고 다녔지. 파랗고 까만 밤, 텐트 앞 모닥불이 만들어낸 긴 그림자, 멀리 총총히 떠 있는 밤의 별빛. 여름 파도 소리와 웃음소리는 음악처럼 아름다웠어.

하지만 며칠 후 따끔거리는 두피와 빨갛게 벗어지는 피부 때문에 병원에 가야 했어. 의사 선생님은 자외선 차단제와 모자도 없이 뜨거운 햇빛 아래 며칠을 보낸 너를 보고 고개를 갸우뚱했지. 너는 찬란한 여름 햇빛이 널 다치게 할 수 있다는 것을 알게 되었어. 그건 즐거운 순간에도 언제나 대비가 필요하다는 걸 뜻하기도 했지.

무엇보다 이제 넌 스스로 널 잘 돌보아야 해.

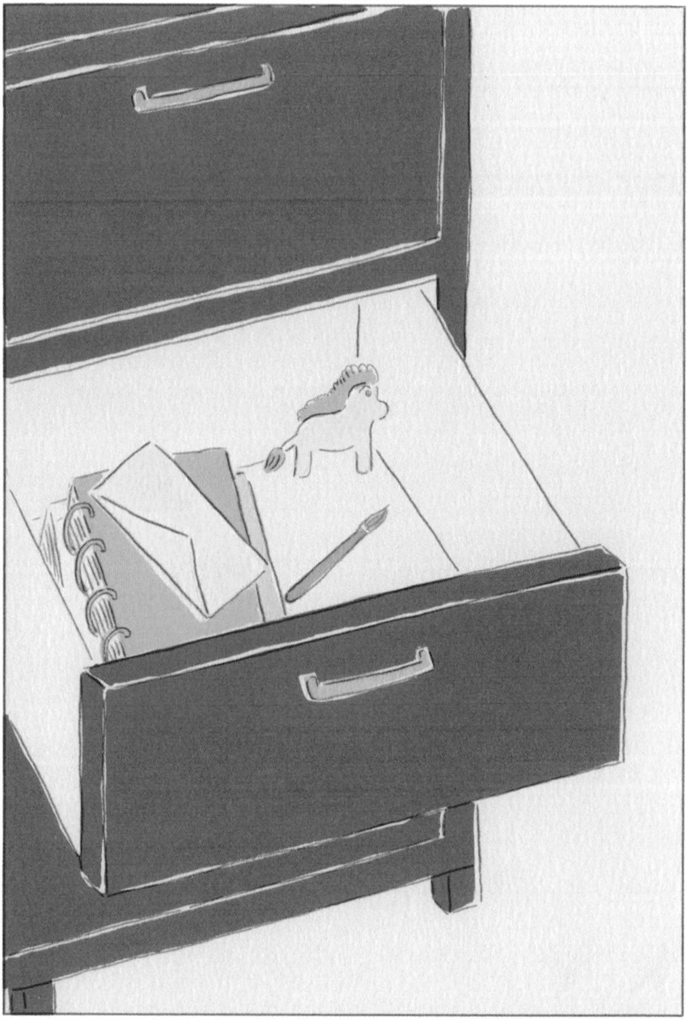

27

너는 독립을 하기로 했어.

마지막날, 짐을 정리할 때 엄마는 서랍 속에 간직해둔 너와의 추억이 담긴 물건들을 보여주었어. 거기엔 네가 처음 입은 옷, 제일 좋아했던 장난감, 처음 부모님께 쓴 카드, 유치원복…… 잊었지만 다시금 기억이 되살아나는 물건들이 가득 모여 있었지.

그런데 세상에, 그곳에 머리카락 붓이 들어 있네. 이렇게 내가 보드랍고 예뻤다니. 가슴에서 따뜻한 눈물이 밀려 올라왔어. 너는 한참 후 이 물건들은 엄마의 것 같다며 두고 가겠다고 했지.

새로운 너의 방에는 인형의 집처럼 작은 화장대, 작은 침대, 작은 창이 있네. 작은 방 안에 서 있는 네가 참 커 보이네.

너, 언제 이렇게 큰 거니?

28

어느 날 모든 걸 정지시켰어. 그리고 짐을 꾸렸지.

나는 정말 불안했어. 아직도 너를 다 알고 있지 못하는 것 같아.

차를 타고, 비행기를 타고, 작은 짐처럼 웅크리고. 낯선 사람들이 있는 서랍장 같은 곳에서 잠을 자고 또 버스를 탔지. 그리고 겨울나무가 듬성듬성 보이는 꽁꽁 언 눈밭에 앉아 있어.

나는 오들오들 추워서 얼어버렸지. 왜 이렇게 추운 먼 곳까지 온 거니? 네가 정말 걱정이 된다고.

그때였어. 겨울 숲 여기저기서 함성이 터져나왔지.

세상에, 번쩍 일어나 하늘을 바라봤어.

우와, 지금 우리 우주에 있는 거니? 오로라야!

아름다운 초록 커튼들이 하늘 가득 별빛과 함께 우리에게 쏟아질 듯 넘실거리고 있어. 지금 이건 현실이니? 이런 아름다움이 세상에 있다니.

너는 눈물을 흘리며 소리를 질렀어.

오로라를 보고 싶어했던 그 꼬마가 아직 네 안에 있었구나.

그래, 넌 변한 게 아니었어.

29

사람들이 제일 예쁘다고 말하는 머리 모양을 하려 하지 않네.

이제 너는 네가 하고 싶은 스타일을 찾는구나.

머리 스타일은 단지 누구에게 보여주려 하는 것이 아니라 자신이 어떤 사람인지를 나타내는 일이자 소중한 자신을 가꾸는 일이라는 것을 어렴풋이 알게 된 거야.

30

밤부터 폭설이 내리기 시작했어.

새벽녘까지 눈이 내리는 소리를 들었지. 라디오에서는 오십 년 만의 폭설이래.

우리가 태어나기 전에 이런 눈이 내렸다는 것이 신기하지 않니?

너는 얼굴도 씻지도 않고 새집이 된 나를 모자에 급하게 밀어넣고 밖으로 나갔지. 뽀드득뽀드득 발목까지 쌓인 눈을 밟으며 걸었어. 눈에 묻힌 마을은 정말 고요했고.

폭설도 서른이란 나이도 아름답고 낯설지.

31

너는 밤 버스를 타고 한 남자의 어깨에 기대 함께 창밖을 바라보고 있어. 까만 밤 도시의 불빛들이 얼굴 위로 지나가.

어떤 옷을 입든 어떤 머리 스타일이든 너를 있는 그대로 받아줄 수 있는 사람을 만났어. 보호받고 있는 기분이 들기도 하고 보호해주고 싶기도 한 사람.

운명적인 상대는 영화처럼 심각한 고난과 역경 속에서만 존재하는 것이 아니라는 걸, 이렇게 버스를 타고 음악을 듣는 것처럼 잔잔한 일상 속에 존재할 수도 있다는 걸 알게 되었네.

32

결혼식을 준비하며 너는 큰 걱정에 빠졌지.

고민 끝에 인연이 닿았던 사람들 모두에게 초대장을 보냈어. 다행인지, 너의 결혼식은 상상해온 불행들 없이 지금껏 보아왔던 다른 결혼식보다 더 빠르고 더 싱겁게 지나가버렸지.

결혼식을 끝내고 화장을 지우고 머리의 수많은 머리핀을 찾아 빼면서 너는 전쟁터에 다녀온 기분이 들었어. 그리고 거울 앞에서 오늘 왔던 사람들의 얼굴을 찬찬히 떠올려봤지.

그런데 이상하지. 네가 가깝다고 생각한 사람과 멀다고 생각한 사람들이 너와 똑같은 거리감을 가진 게 아니었단 걸 알게 되었어.

33

너의 몸이 변하기 시작했어.

미열이 나고 나른하고 메스껍고 점점 부풀어오르는 것 같지. 잘 빠지던 머리카락도 빠지지 않네. 몸안에서 무언가 꿈틀거리기도 하고 무슨 소리가 들리는 것 같기도 해.

다들 축하한다고 얘기해주는데 너는 행복한 마음보다 무서운 마음이, 그보다는 실감이 나지를 않는구나.

34

정말 많이 아팠어. 처음 경험하는 고통이라 어떤 아픔인지 설명할 수조차 없었지. 너무 아픈데 병원에서는 모두가 담담하네. 너의 남편이 손을 쥐고 대신 아팠으면 좋겠다고 하는데 정말 그럴 수 있다면 얼마나 좋을까?

너는 소리도 지르고 울기도 하고 나도 흠뻑 땀에 젖어서 정신이 하나도 없어. 너무 아파서 무섭다고, 너는 이러다 정신을 잃을 것 같았지.

그러던 어느 순간,

몸에서 무언가가 미끄러져 나온 것 같아.

얼마 후 간호사가 수건에 돌돌 감긴 빨갛고 젖은 머리카락이 붙은 아이를 데리고 왔어. 그리고 아이를 보는 순간 알게 되었지.

뜨거운 덩어리 하나가 다시 가슴으로 밀려들어왔다는 걸.

이제 평생 가슴에 품게 될 거라는 걸.

35

출산 후 삼 개월이 지나 갑자기 머리들이 한꺼번에 빠지기 시작하네. 이마의 머리카락이 고슴도치처럼 숭숭 제멋대로야. 너는 속상해하지만 머리가 다시 나는 건 정말 다행인 거야.

너는 아이를 안고 솜털 같은 머리카락을 조심스레 만지고 있어. 어린 시절 엄마가 들려주었던 자장가를 불러주고 있네. 그 노래를 기억하고 있었구나. 너는 가슴 깊은 곳에서 올라오는 아득하고 벅찬 감정을 느끼고 있지.

세상에 너 자신보다 더 소중한 존재가 있다는 것. 그리고 정말 미웠던 사람들도 이렇게 누군가가 정말 사랑하고 아끼는 존재였다는 걸 알게 되었어. 아이를 기르는 건 사랑을 주는 것만이 아닌 받는 거라는 것도 알게 되었구나.

어쩜 이렇게 예쁜 존재가 있을 수 있을까?

36

이상하지 너는 추운 겨울을 싫어했는데.

이제 겨울의 찬바람이 시원하다고 생각해.

37

아기는 낮잠도 자지 않고 하루종일 집안과 집밖을 탐험하고도 기운이 빠지지 않아. 다른 집 아이들은 낮잠도 자고 놀다가 쉬기도 한다는데.

오늘은 엄마에게 전화를 걸어 도무지 누구를 닮은 건지 모르겠다고 하소연했어. 수화기 너머로 엄마가 이야기하네.

"너를 닮은 거 같은데……"

설마 넌 그걸 몰랐던 거니?

38

오늘 너의 아이가 처음으로 거짓말을 했어. 그리고 넌 바로 그걸 나무랐지. 아이는 아니라면서 머리카락이 다 젖을 정도로 엉엉 울고 있네. 너는 어떻게 해야 할지 몰라 정말 난감했지.

그런데 갑자기 어린 시절 너의 모습이 떠올랐어. 거짓말을 더 하려던 게 아니라 속상하고 창피해서 그랬단 걸 떠올린 거야. 너는 너의 엄마가 네게 해주었던 말들이 생각이 났어.

"괜찮아. 괜찮아."

그리고 아무 말 없이 꼭 아이를 안아주었어. 한참 후 진정이 된 아이에게 말해주었지. 그것 역시 무언가를 배워가는 자연스러운 과정이라고 말야.

39

최근 머리가 가렵더니 새치가 몇 가닥 보이네.

너는 시무룩했지. 나는 할말이 많았어. 새치는 보통 삼십대 중반부터 난다고. 오히려 늦게 난 편이니까 나를 미워하지 않았으면 좋겠어. 하얀색이라 더 도드라져 보이는 것뿐이야.

너는 오늘 재밌는 놀이를 생각해냈지. 바로 아이에게 흰머리를 뽑아달라는 거였어. 열 개에 초콜릿 사탕을 하나 준다고 약속도 했지. 나는 새치는 뽑는 게 아니라 자르는 거라고 말했지만, 언제 네가 내 말을 들은 적 있니?

우리는 아이의 무릎맡에 누웠어. 아이는 진지한 얼굴로 고사리 같은 손가락으로 한 가닥 한 가닥 흰머리를 찾고 있어. 금방 잠에 들 것 같은 평온한 오후야. 그런데 이상하지. 우리가 이 아이에게 보호받고 있는 것 같기도 하고. 따듯하고 아득해지는 이 기분은 뭘까?

"엄마는 정말 행복해."

나른한 목소리로 너는 말하네. 흰머리가 아닌 검은 머리만 잔뜩 뽑아놨지만 아이가 이렇게 너를 도와줄 정도로 많이 큰 것, 정말 신기하지 않니? 바로 엊그제 배 속에 있었던 것 같은데 말야.

40

음악을 크게 틀었지.

너의 발등 위에 아들의 발을 올리고 손을 높이 올려 마주잡았어.

음악에 맞춰 뱅글뱅글 돌며 춤을 추었지.

아이가 떨어지지 않으려고 긴장을 하면서 웃네.

나는 바람처럼 흔들리고 아이는 까르르 웃느라고 바빠.

너는 이 순간이 영원했으면 좋겠다는 생각이 들어.

입 축 학

41

정말 그 시간이 오고야 말았네. 아이의 초등학교 입학식이 말야.

그동안 정말 바빴지. 학교를 알아보고, 준비물을 챙기고, 등굣길을 미리 다녀와보고, 옷을 사고, 미용실에 다녀오고.

아침 일찍 아이를 깨웠는데 아이는 학교에 안 가면 안 되냐고, 긴장된 표정으로 울먹이며 말하네. 하지만 너는 알고 있지. 학교에 가기 싫은 게 아니라 걱정이 되고 무서운 거라는 걸. 너도 학부모가 되는 게 걱정투성이인데 아이는 얼마나 무섭겠니.

너는 아이의 머리를 쓰다듬으며 엄마도 걱정이 많이 되지만 함께 힘내보자고 파이팅을 외쳤지. 다 잘될 거라고 말이야. 너는 아이에게 하얀 셔츠와 재킷을 입히고 포마드를 발라 빗질을 해주었어. 세상에나, 아이는 내가 봐도 정말 사랑스러운 꼬마 신사처럼 멋져 보여.

너 역시 이제 학부모 될 준비가 끝난 거지?

42

오늘 만난 헤어 디자이너는 네가 둥근 얼굴형이라 어려 보이고 귀여운 인상을 준다고 말해주었어. 더불어 동그란 얼굴은 세련되거나 냉철한 이미지를 주긴 어렵다고도 균형감 있게 말해주었지.

머리 손질의 어떤 부분이 어려우세요? 평소 어떤 옷을 즐겨 입으세요? 너의 일상을 찬찬히 묻고 고민을 들어주고는 따뜻한 조언도 아끼지 않았어.

"앞으로 어떤 모습이 되고 싶으세요?"

이렇게 너를 위해 진심어리게 고민하는 사람을 왜 이제야 만나게 된 걸까? 늘 유행하는 머리에 필요한 시술만 말하던 사람들과 정말 달랐지. 너에 대해 충분히 고민하고, 이해한 후 만들어낸 스타일은 오직 너만을 위한 것 같았어. 그건 시간이 흘러도 아름다웠지. 나도 내가 특별해진 느낌이었다고.

드디어 너를 진심으로 보살펴줄 담당 디자이너를 만난 거야.

축하해!

43

다큐멘터리를 보다가 지구가 죽어가는 별이라는 걸 알게 되었어.

정말 놀라웠지.

놀라운 건 넌 이미 중학생 때 이걸 학교에서 배웠다는 것이고, 더 놀라운 건 죽어가는 별인 지구가 지금 너무 아름답다는 거야.

44

너는 머리를 돌돌 말아 올리고 저녁으로 야채수프를 만들고 있어. 사각사각 신선한 샐러리를 자르고, 감자를 깎고, 당근을 작게 썰었지. 아이가 옆에서 숟가락으로 스위트콘을 퍼 먹고 있네. 너는 미소 지으며 스위트콘과 베이크드 빈을 넣고 불을 약하게 켰지. 그러고는 기다란 주걱을 아이에게 건네 부드럽게 저어달라고 부탁했어. 아이가 이리저리 냄비 속을 저을 때마다 따뜻한 김과 함께 향긋한 냄새가 올라오네.

"이제 더 도전해볼 야채수프가 뭐가 있을까?"

"브로콜리!"

"어때, 내일 먹어볼 수 있겠어?"

"음, 먹기 싫어도 한 번은 먹어볼게."

"혹시 모르지. 많이 먹으면 브로콜리 잎처럼 머리가 보글보글 풍성해질지도? 브로콜리는 머리도 똑똑하게 만들어주고 눈에도 좋아."

너는 웃고 있지만 아이의 놀란 표정을 보니 그 말은 잘못한 것 같은데!

45

요즘 너는 남편과 정말 닮아 보여.

머리 스타일에서부터 걸음걸이, 옷 입은 모습까지. 특히 네가 남편의 티셔츠를 입거나 머플러를 두르면 둘은 오누이처럼 보이기도 하지. 너는 주변에서 닮았다는 말을 들으면 크게 웃으면서 아니라고 말하네. 근데, 아니라면서 왜 그렇게 좋아하는 거니?

하지만 너의 남편은 자꾸 자신의 옷을 입는다고 불만이야. 갈아입으라고까지 말하지. 진심인 걸까? 내 생각엔 앞으로 십 년은 더 살아야 마음까지 닮아지지 싶어.

46

요즘 머리카락이 너무 빨리 자란다고 속상해하네.

사실, 갑자기 늘어난 흰머리가 눈에 띄어 걱정인 거지? 요즘 너는 너무 바빠 집에서 할 수 있는 염색약을 찾기 시작했어. 샴푸하듯 하는 것, 푸딩 같은 젤 타입, 튜브형까지. 세상에 왜 이렇게 염색약이 많은 거니? 너는 한참을 망설이다 제일 예쁘고 밝게 웃고 있는 여자의 모습이 담긴 염색약을 사서 집으로 왔지.

너는 삼십 분을 헤매며 물감 같은 염색약을 머리 위에 잔뜩 올려놓았지. 근데, 왜 얼굴에도 염색약을 바른 거니? 나는 불길한 느낌을 감출 수가 없었어. 한참을 지켜보던 너의 남편은 말리면 괜찮지 않을까, 라고 울상인 너에게 얘기했지만, 머리를 말릴수록 더 빨갛게 변하잖아. 너는 급하게 염색약 박스를 뒤지더니 "레드 브라운?" 하고 소리를 질렀어.

나는 함께 울고 싶었지. 그때 남편이 너를 진정시키며 차근차근 이야기하네. 음, 이렇게 염색하니 덴마크의 예쁜 여자같이 이국적이네. 네가 인상을 쓰며 눈을 동그랗게 뜨니, 아니아니 다시 보니 빨강 머리 앤처럼 귀엽다고 말하네.

도대체 우리…… 뭐가 된 걸까?

47

요즘 넌 세상을 다 알고 있는 사람처럼 이야기를 하네.

인간관계를, 세상살이를 다 알고 있는 사람처럼 말야. 너무 다 알면 살아가는 게 재미없지 않을까? 그런데 정작 너에 대해서는 잘 모르고 있네. 너는 요즘 너를 잘 알지도 보살피지도 못하는 것 같아.

세상 걱정보다 네 걱정을 먼저 하는 건 어떨까?

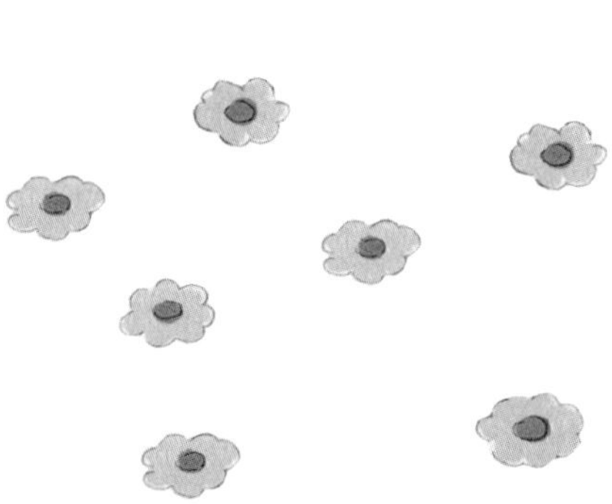

48

놀라운 사실을 알게 되었어.

너는 모든 사진에서 똑같은 가르마를 하고 있다는 것을 말야. 사진을 꺼내 보니 옷과 얼굴은 변하는데 가르마는 다 그대로야. 어쩐지 좀 무서워 보이는걸? 우리가 그렇게 고집이 셌던 걸까.

너의 담당 디자이너가 몇 개월에 한 번씩 가르마 위치를 바꿔야 자극으로부터 보호를 받을 수 있고, 볼륨감도 어느 정도 유지할 수 있다는 걸 알려주었지. 가르마를 바꿔보니 기분이 이상하지? 머리카락도 삐죽 서고, 바람이 닿는 느낌도 달라진 것 같고. 익숙해지는 데 시간이 조금 걸릴 것 같지만 풍성해진 느낌에 인상이 달라 보여.

이렇게 작은 걸로 기분이 새로워지네. 역시 너는 세상 연구보다 너를 먼저 연구해야 할 것 같아. 아직도 이렇게 모르는 게 많잖아.

49

엄마다운 헤어, 그리고 아내다운 헤어가 뭔지 고민하고 있어. 그런 게 있기는 한 건지.

옷을 살 때는 먼저 가족의 옷을 구입하고 장을 볼 때도 가족이 좋아하는 재료를 먼저 고르고 있지. 그리고 언제부터인가 너의 이름을 불러주는 사람들이 없어진 것 같아.

너는 바빠서 잘 모르지만, 가끔 무언가를 잃어버린 표정을 짓고 있어.

50

머리카락은 꼭 나뭇가지 같아.

봄처럼 여리게 자라 여름처럼 쑥 컸다 겨울처럼 잠시 쉬기도, 가을 낙엽처럼 떨어지기도 해. 그리고 다시 봄이 온 것처럼 또 자라나지.

나무와 네가 함께 계절을 보내듯 우리도 많은 시간들을 보내고 있어.

51

너의 아이가 정말 오랜만에 안겨 있네.

아이의 굵어진 머리카락과 너보다 훨씬 커진 아이의 몸이 느껴졌지.

너는 불현듯 깨달았어.

언젠가는 이 아이를 너의 품으로 온전히 다 안을 수 없으리라는 걸.

52

변하는 건 조금씩 천천히인데 알게 되는 건 왜 어느 한순간일까?

머리숱이 줄어들어 이마가 넓어졌고 눈썹 숱도 조금 줄어들었어. 내 잘못이 아니야. 이 나이에는 자연스러운 거라고.

그런데 줄어든 숱 때문에 너의 인상이 훨씬 부드러워 보이는 것 같아.

나는 좋은데 너는 아니니?

53

아무때나 얼굴이 빨개지는 건 정말 곤란한 일이야.

너는 담당 디자이너에게 피부 톤을 완화해주는 실버 브라운색 염색을 권유받았지.

"내 나이에 유행하는 컬러는 좀 그렇지 않나요?"

얼마 전부터 너는 내 나이가, 내 나이가, 라는 말을 습관처럼 늘어놓고 있어. 옷을 살 때도, 음식을 먹고 체했을 때도, 걷기가 싫을 때도, 심지어 거실 창문을 열 때도 나이 때문에 문이 잘 안 열린다고 말하는 거야.

다행히 너의 디자이너는 시원하게 말했지.

"그게 말이 되나요? 가끔 유행하는 머리를 하는 건 기분 전환에도 정말 좋다고요."

너는 가까스로 수긍을 하고 정말 오랜만에 밝게 염색을 했지. 아, 그리웠던 미용실 냄새. 나는 두근거리고 설레었어. 샴푸를 하고, 푹신한 의자에 앉아 잡지책을 보고, 시원한 바람에 머리를 말리고, 살랑살랑 볼륨 드라이도 하고. 거울 안 우린 정말 어려 보이고 산뜻해 보여. 너도 만족스러운지 웃으면서 말하네.

"내 나이에도 잘 어울리는 것 같나요?"

세상에, 녹음기를 튼 거니!

54

두피에 열이 나고 머리숱이 더 줄어들고 갑자기 체중이 늘어버렸어. 너는 우울하기도 하고 무언가 불안하기도 하지. 그건 호르몬 변화로 일어난 일들이야. 너는 그걸 알면서도 맘을 정리하기 힘들고 그래서 괴로워. 힘을 내서 달리기, 에어로빅, 등산까지 시도했지. 하지만 다 맞지가 않는 거야. 그리고 마지막으로 수영에 도전했어.

수영을 처음 배운 날, 물속은 차갑지만 부드러웠어. 몸이 붕붕 떠오르면서 날카롭게 널 찌르던 생각들도 물길처럼 풀어지는 것 같았지. 수영장 물에 머릿결이 거칠어졌지만 이 기회에 좋은 영양제도 바르기 시작했어. 벌써 단단해지고 윤기도 나는걸?

나는 다시 어려진 것처럼 기분 정말 좋았지.

55

아들이 군대 가는 날이 내일모레야.

너는 머리를 안 자르고 있는 아들에게 함께 미용실에 가자고 이야기했지. 하지만 아들은 섭섭하게도 혼자 어디선가 머리를 자르고 나타났어.

문 앞에 들어서는 아들은 모자를 벗으며 어때 보이냐고 물었지. 너는 왈칵 눈물이 나오는 걸 참고 아저씨처럼 변했다고 했지. 아들은 너무하다고 말했어. 눈물을 꾹 누르며 잘생긴 스님 같다고 다시 얘기를 하니 아들이 웃고, 결국엔 둘이 함께 글썽이며 웃네.

너는 마음에 커다란 구멍이 난 것 같아.

56

예전에 보이지 않던 것들이 보이기 시작했어.

하늘의 미세먼지, 짧아지는 봄과 가을, 사라지거나 전에 없던 먹거리. 너는 부쩍 환경에 더 관심이 많아졌지. 너는 페트병 대신 물을 끓여 텀블러를 사용하는 작은 실천부터 시작하기로 했어. 아무도 알아주지 않더라도 너의 존재가 세상과 자연에 해가 되는 일을 줄이겠다는 결심은 네게 잔잔하고도 깊은 기쁨을 주었어.

근데 아니? 수분 보충은 나에게도 기쁜 일이라는 걸.

57

너는 엄마를 모시고 미용실에 들렀어.

어떻게 해드릴까요? 라는 디자이너의 말에 제일 예쁜 머리를 해달라고 했지. 그게 무언지 잘 모르겠지만 정말 세상에서 제일 예쁜 머리를 했으면 좋겠다고 생각했어. 엄마는 너를 무표정하게 바라보네. 잠시 엄마의 생각이 다른 곳에 가 있는 거지.

너는 나이테처럼 변한 엄마의 손을 어루만지고 또 어루만졌지. 손으로 주름을 밀면 부드럽게 펴졌다 다시 제자리로 돌아가 깊은 골짜기가 되었어. 엄마의 생각들도 펴졌다 다시 저 골짜기 사이사이로 가는 걸까? 너는 무언가가 쏟아져나올 것만 같았지. 굽은 고목나무 같은 엄마의 등 위로 싸락눈 같은 하얀 머리카락이 여기저기 쌓이고.

또 오세요, 하는 밝고 낭랑한 목소리가 등뒤에서 울려퍼졌지. 너는 너보다 작아진 엄마의 눈에 눈을 맞추며 말했어.

"엄마, 다음에 또 오자. 지금도 좋지만 아직 해야 할 예쁜 머리들이 많이 남았어."

58

너는 알게 되었구나.

이제 너의 아이는 오롯이 자신의 삶을 살아야 한다는 걸.

네가 독립할 때 부모님께 들었던 말을 아이에게도 똑같이 해주어야 했어.

“잘해낼 거야. 응원할게.”

너는 그 말이 얼마나 많은 말들을 버린 후에야 나온 것인지를 알게 되었네. 이제 너는 추억이 되어야 한다는 사실도 말야.

59

햇빛이 유리알 같은 날.

짙은 산빛이 드리운 물위에 손을 담갔지

시원한 물줄기가 몸안으로 밀려들어오고.

까르르 웃으며 물위를 첨벙거렸어.

너는 아직도 웃음소리가 여름처럼 크고

풀어진 마음은 어디든 닿을 것 같아.

60

아침잠이 사라지는 건 고쳐지는 게 아니라는 걸 알게 되었어.

지금 나이에는 자연스러운 일이라는 걸 있는 그대로 받아들이기로 했지. 그리고 너는 새벽에 산책을 나가기 시작했어.

잠이 깨지 않은 도시는 정말 근사해.

골목 사이로 파랗게 일어나는 작은 분주함들이 좋고 짤랑, 하며 상점 열리는 소리가 들리면 비밀 하나를 알게 된 기분이 되기도 하지. 길가에 아침 햇살이 밀려들 때면 아주 오래전 교복을 입고 등교하던 때가 생각나.

한참을 걷다 학교에 들어서면 어디서 묻었는지 모를 겨울바람 냄새가 옷에도 머리에도 가득했었지.

61

모자 가게에서 챙이 있는 낮고 동그란 모자를 추천받았어.

판매원은 긴 얼굴에 잘 어울리는 모자라며 다정하게 말을 걸었지.

너는 고개를 갸우뚱하며 이야기했어.

“전 긴 얼굴이 아닌데요.”

벽에 걸린 거울로 얼굴을 살폈지. 자세히 보니 이마가 더 넓어지고 볼살이 빠져 얼굴이 길어 보이는 것 같기도 하네. 언제 또 얼굴이 변한 거지? 너는 고민스러운 표정을 짓다 인사를 하고 매장을 빠져나왔어. 너는 생각이 많은 듯 보였지만 나는 신이 났지. 기억나? 긴 얼굴은 지적으로 보이는 세련된 얼굴형이라고 했던 것.

근데, 또 나이 걱정중인 건 아니지?

걱정 마. 넌 지금 새롭게 예쁘니까.

62

누군가를 찍어주는 건 좋아하면서 너의 얼굴 사진은 안 찍으려고 하네.

너는 너의 얼굴이 맘에 안 드는 거니?

나는 더욱 느긋해지고 편안해진 너의 얼굴이 좋은데 말야.

63

지금 너는 큰 실험중이야.

염색을 한 너는 어려 보이는데 남편만 나이들어 보이는 것 같아 걱정이 되었지. 그건 온전히 너만의 생각이었지만 넌 그걸 굳게 믿어버린 거야.

너는 약이 두피에 닿지 않고도 멋지게 변할 방법을 생각해냈어. 그건 바로 은회색 코팅이야. 남편의 흰머리를 지적인 은회색으로 바꾸는 것이었지. 넌 며칠간 남편을 설득했고 지금도 너는 남편이 하고 싶어서 앉아 있는 거라 생각해.

너는 안경까지 끼고 머리카락을 조금씩 들어올려 약을 발랐지. 나도 그렇게 대해주면 얼마나 좋겠니?

조심스럽게 샴푸를 하고 미지근한 바람에 찬찬히 머리를 말렸어. 남편이 돌아서서 너를 보며 웃네.

어려 보이는지는 모르겠지만 근사해 보이는걸?

정말 잘 어울려!

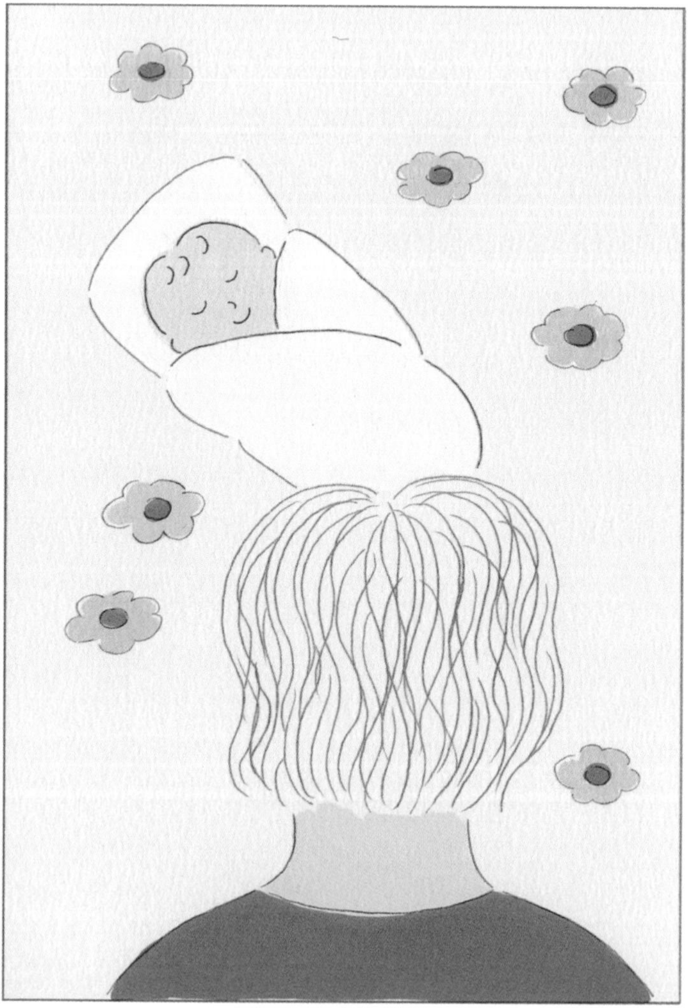

64

세상에 세상에.

유리창 너머 하늘색 수건에 싸여 눈을 감고 있는 아이가 보이니? 너의 손녀야. 간호사가 유리창 가까이 다가와 아이의 얼굴을 너와 남편에게 보여주네. 태어난 지 얼마 안 된 아기는 이렇게 작았었나. 이토록 예뻤나. 너의 심장 소리가 내게까지 들려와.

그때였어. 아기가 한쪽 눈을 살짝 떠 너희를 보고는 바로 눈을 감았지.

"할머니야, 할머니. 할머니를 알아보는구나!"

너는 떨리는 목소리로 눈물을 글썽이네. 너 이제 드디어 할머니가 되었구나.

사실 나도 할머니라는 말 듣는 게 많이 걱정되었는데, 이렇게 예쁜 아이의 할머니가 되는 건 정말 기분좋을 것 같아.

65

가까웠던 사람들이, 가끔 안부를 묻던 사람들이 세상을 떠나가고 있어.

너는 연락 없이 멀어진 사람들 중에 작별인사도 하지 못한 사람이 있을지도 모른다는 생각이 들었지.

그건 정말 슬픈 일인 것 같아.

다들 어디로 가는 걸까?

66

저녁을 먹고 남편과 소파에 앉아 드라마를 보고 있어.

드라마를 보던 남편이 주르륵 눈물을 흘리네. 너는 옆에서 뭐 저런 장면에서 우냐고 말하지. 예전에는 네가 드라마를 보다가 사소한 장면에도 눈물을 훔쳤는데.

요즘은 꼭 둘이 뒤바뀐 것 같아.

67

덥수룩해진 너의 머리카락을 자르며 헤어 디자이너가 자상하게 말해주네.

“아무리 바빠도 머리를 나뭇가지처럼 주기적으로 정리해줘야 해요. 그래야 해가 잘 들고 공기도 잘 통해서 나무가 더 잘 자라거든요. 머리카락도 사이사이에 서로의 공간을 만들어주면 피부도 머리카락도 건강해져요.”

너는 고개를 끄덕이며 생각을 했어. 머리카락도 나무도 사람처럼 서로에게 공간이 필요하다니 신기하다고 말야.

68

네가 오랜만에 미용실을 간다고 해서 나는 정말 신이 났어.

볼륨이 없다느니, 너무 가늘다느니, 초라해 보인다며 여태 구박만 잔뜩 했잖니? 왜 잘 모르는 사람과 얘기를 할 때도 내 흉을 보는지 모르겠어. 나는 너이기도 하다고!

하지만 오늘은 나의 날이지. 얼마나 기대가 되는지 알아? 콧노래를 부를 수 있다면 얼마나 좋을까. 부드러운 굴곡이 생겨 아름다워질 나를 생각하며 그 오랜 시간도 다 참아낼 수 있었어.

그런데 나는 점점 이상한 불안감에 휩싸였어. 그리고 샴푸를 하고 의자에 앉으니 세상에! 내가 배춧잎처럼 보글보글 변해 있잖아? 나는 정말 부끄러워서 숨고 싶었다고. 너는 계속 거울을 살피고. 너도 지금 절망스러운 거지?

다음날 너는 친구들을 만나러 갔고, 나는 친구들이 이 심각한 상황을 솔직히 얘기해주기를 바랐지. 그런데 말야, 친구들은 너를 보자마자 펌이 너무 잘됐다고 칭찬해주네. 볼륨이 엄청 살았다고. 심지어 어느 미용실이냐고 알려달라고 해. 그때 테이블에 둘러앉아 너를 쳐다보는 친구들의 머리를 보니 맙소사, 다들 얼굴 위로 두둥실 구름이 떠 있네.

이것도 유행인 거니? 앞으로도 나는 이렇게 지내야 하는 거니?

69

너는 엄마를 떠나보내게 되었어.

그런데 왜 좋았던 기억보다 네가 못했던 기억들만 가득한 걸까. 너는 계속 죄책감이 들었지. 너는 유품을 정리하다 엄마가 모아둔 서랍장 속 너의 어린 시절 물건들을 발견했어. 어린 시절 너의 옷과 가방, 장난감이 이렇게나 작았었는지 새삼 놀랐지.

그리고 그 시절, 엄마가 쓴 일기들을 찾아냈어. 너는 엄마가 남긴 너의 어린 시절을 마주하면서 펑펑 울어버렸지. 초등학교 들어간 날의 기억이 흐릿하게 살아났고, 소풍 갔던 날의 사진이 껴 있는 글을 읽으며 그 순간이 생생히 떠올랐어. 하지만 몇몇 기억을 빼고는 모두 너의 기억 속에서 지워진 장면들이었지.

엄마는 이 모든 순간들을 가지고 있었구나.

너는 배냇머리 붓을 얼굴에 비벼보았지. 붓은 아직도 이렇게 부드러운데 너의 얼굴은 거칠어져버렸네. 너는 엄마의 일기와 작은 추억의 친구들 그리고 머리카락 붓을 종이 박스에 차곡차곡 담았어.

이제는 네가 보관해야 할 엄마의 추억들이야.

70

너는 최근 다시 학생이 되었어.

요양 보호사 자격증에 도전을 했거든. 너는 하루에 여덟 시간씩 수업을 듣고 있어. 오십 분 공부하고 십 분을 쉬고, 같은 반 사람들과 점심도 먹고 차도 마시지. 체력은 예전 같지 않지만 공부를 하니 너는 들뜨고 설레었지.

수업을 듣다 최근 자꾸 무기력하고, 혼자 있고 싶고, 우울해지는 너와 남편을 이해할 수 있게 되었어. 지금 나이에는 그게 정말 자연스러운 일이라는 것을. 근데, 네가 이 반에서 막내래!

앞으로 살아가야 할 시간이 많으니, 너는 너보다 더 나이가 든 사람도 도울 수 있는 사람이 될 거야.

71

요양 보호사 일을 하고 있어.

일주일에 삼 일, 세 시간씩 혼자된 할머니를 돌보고 있어. 안부를 묻고 청소를 하고 따뜻한 물에 목욕을 시켜드리지.

너는 지푸라기처럼 머리카락이 변했다고 속상해하는 할머니에게 절대 아니라고 웃으며 말해.

그리고 손바닥에 엄지 손톱만한 크기로 로션을 짜. 그러고는 부드럽게 비벼 할머니의 머리카락을 쓰다듬어주지. 그럼 나풀거리던 머리카락은 금세 윤기가 나고 차분해져.

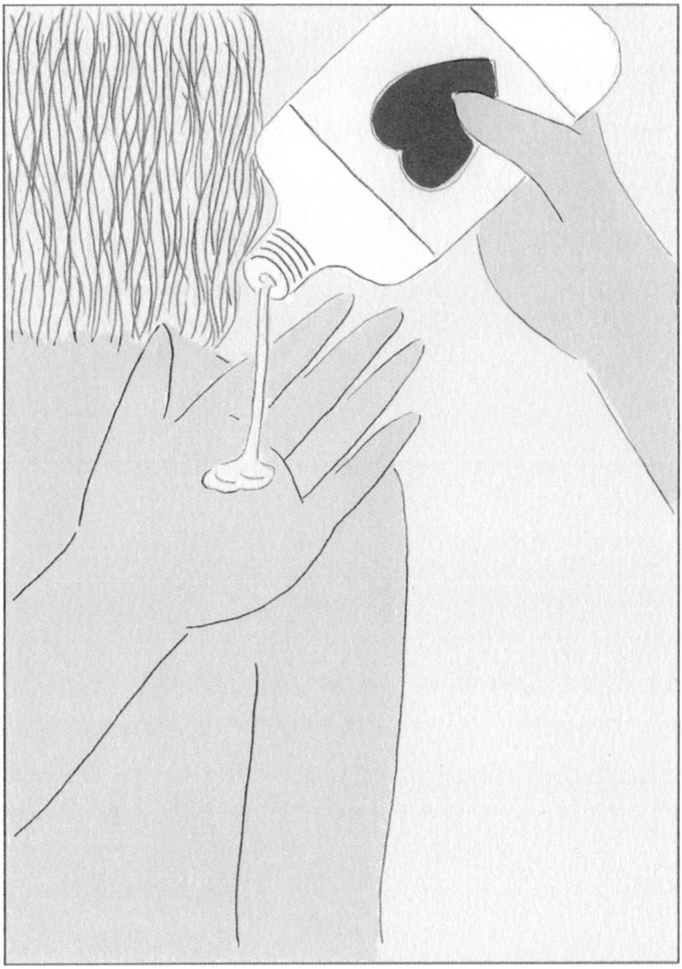

72

요즘 너를 관찰하면 신기한 게 참 많아.

친구들과 함께 노래를 배우러 다니는데 이별에 복수에 외로움과 슬픔이 가득한 가사를 정말 즐겁고 행복하게 합창해. 그리고 건강에 좋다며 손을 크게 앞뒤로 휘저으며 뒤로 걸어다니기도 하지. 나는 도통 잘 모르겠고 무섭기도 하지만, 네가 활기차게 지내는 건 정말 좋은 일이야.

73

네가 항상 밥을 챙겨주는 고등어 무늬 앵두.

참치 캔을 건넸던 첫 만남 이후로 매일 사료와 간식, 신선한 물을 주고 있어. 나를 이렇게 지극정성으로 보살피면 얼마나 좋을까.

처음에는 앵두처럼 깜찍했던 앵두는 지금은 수박만한 고양이가 되었어. 그후 한 마리씩 늘어나 녹두, 산두, 깜두, 두두 그리고 두 가족을 괴롭히는 나쁜 고양이 쁜이까지 식솔이 정말 많이 늘어났어.

며칠 전 너는 아들 집에 다녀오느라 친구에게 사료를 부탁했지. 그리고 일주일 만에 동네로 돌아왔을 때, 저멀리 골목 입구에서부터 고양이들이 뛰어왔지. 너는 고양이 이름을 하나둘 부르며 화단 앞에 웅크리고 앉아 맛있는 간식과 먹이를 풀어놓았어. 그때 고양이들이 한꺼번에 너를 동그랗게 에워싸는 바람에 너는 그대로 사라지는 듯 보였지.

너의 남편이 깜짝 놀라 멀리서부터 종종걸음으로 다가오네.

“걱정 말아요. 안 잡아먹혀요” 하고 너는 말하지.

근데 지금 녹두가 나를 물고 있는 거 안 보이니?

74

네가 좋아하는 갈색 자개 핀이 요즘 자꾸 머리 위에서 미끄러지네. 너는 나를 더 많이 잡아 꽂고 혹시 몰라 스프레이로 단단히 고정을 시켰어. 그런데 어느 순간 옆머리가 쏟아져 만져보니 핀이 사라져버린 거야. 나도 정말 몰랐어.

너는 걸어온 길을 돌아가 핀을 찾기 시작했어. 누가 주워간 걸까? 요즘 침침해진 눈 때문에 안 보이는 걸까. 너는 한참을 찾다가 포기하고 머리를 질끈 귀에 꽂고 시무룩한 표정으로 다시 걷기 시작했지. 괜찮니? 내가 너무 가늘어져서 이런 일이 생긴 것만 같아.

내가 미안해.

75

어느 날 너는 너무 현기증이 났어.

변하는 세상을 계속 따라가기보다 편안히 놓을 줄도 알아야겠단 생각이 든 거야. 더이상 너의 세계 같지 않은 세상에 어지러워하기보다 익숙하고 포근한 세계를 잘 지키겠다고.

그런데 오늘 손녀를 보고 너는 깜작 놀랐지. 손녀딸이 네가 고등학교 수학여행 때 했던 그 머리 스타일 그대로 나타난 거야. 나는 어린 시절 너를 다시 만난 줄 알고 깜짝 놀랐어.

너는 웃으면서 손녀에게 왜 이렇게 옛날 머리를 했냐고 물었어.

“할머니, 지금 이 스타일이 유행이에요.”

손녀는 너에게 지금 유행하고 있는 것들을 잔뜩 보여주었어.

너도 보이니? 머리핀, 선글라스, 저 치마, 저 색깔까지. 이거 다 우리가 했던 거잖아.

그리운 것들이 때로는 유행이 되어 다시 우리 앞에 나타나기도 하는구나. 모르는 것도 새로운 것도 여전히 많은 것 같아.

76

오렌지색 실크 스카프를 선물받았어.

너는 들뜬 마음으로 햇빛이 쏟아지는 창가에서 팔을 벌려 스카프를 펼쳐보았어. 선명한 꽃무늬인 것 같기도 하고 진한 유화 같기도 하네.

너는 스카프를 반으로 접어 머리에 감싸며 웃어보았지. 삼각형으로 접고 탁탁 털어 어깨에 숄처럼 올려보기도 했어. 그러고는 공중에 흔들어 펴서 돌돌 말아 목에 감아보기도 했지. 정말 보드라운걸?

꽃이 핀 것처럼 거실에 오렌지색이 가득이야.

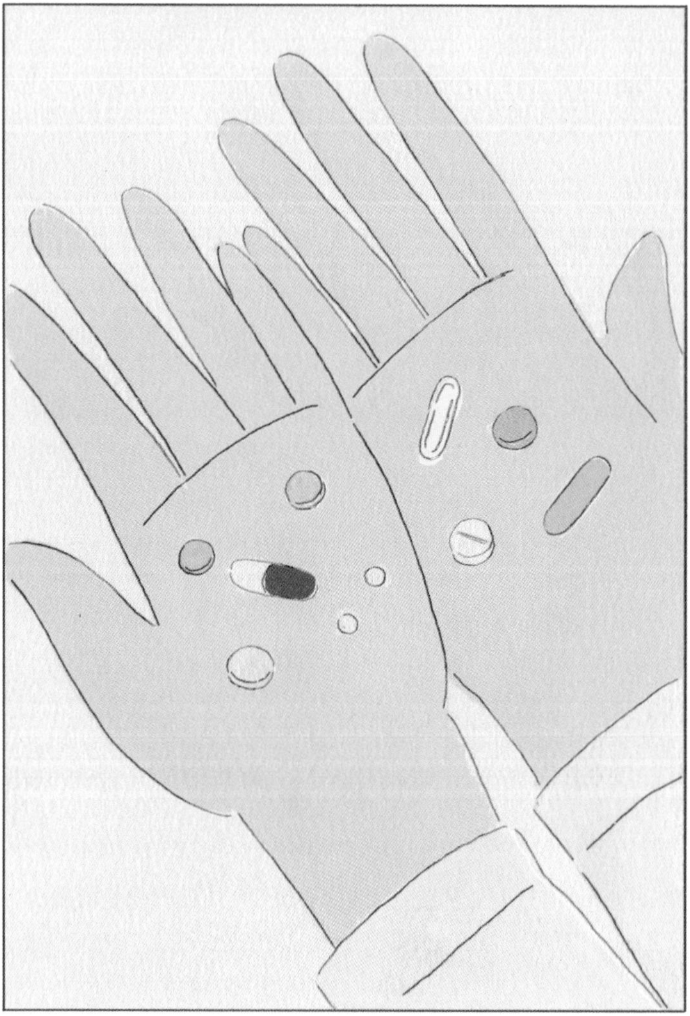

77

영양제보다 약을 더 많이 먹게 되었네.

찻장 아래를 열면 알록달록 캡슐과 동그랗고 다양한 크기의 알약이 가득 정리되어 있어. 이게 다 알사탕이면 얼마나 좋을까?

하루하루 약이 늘어나다가는 밥보다 약을 더 많이 먹게 될까봐 나는 걱정이 돼.

너보다 약을 더 많이 먹는 남편이 너에게 말했어.

먼 훗날엔 아침 점심 저녁 식사를 알약만으로 하는 날이 올 수도 있다고 말야. 우리는 미리 먹는 거라고, 너의 남편은 웃으며 얘기를 하네.

78

한남대교 위를 느리게 지나고 있어.

뜨거운 공기가 차 옆으로 일렁이고 닫힌 창문 안으로 여름이 한가득 들어오지. 핸들 위 남편 손의 주름이 오늘따라 더 깊어 보여.

이제 혼자선 절대 운전을 하지 않지. 한 명이 운전을 하면 다른 한 사람이 참견을 하며 말을 걸곤 하지. 요즘에는 졸음도 많아져서 서로 도와야 한다고. 너는 언제까지 운전을 할 수 있을까 시간을 헤아려봐.

시원한 에어컨 바람을 더 세게 틀고 라디오를 켰어. 마침 너희 부부가 좋아하는 옛 노래가 나오네.

이렇게 오래된 음악을 기억해주고 라디오에서 틀어주니 정말 고마운 맘이 들었어. 너는 안전벨트를 한 손으로 잡고 고개를 살랑살랑 흔들며 노래를 따라 부르지. 남편도 너의 모습을 보며 같이 노래를 부르네. 너는 기분이 좋아졌지.

"여보, 근데 노래는 왜 나이가 안 드는 거지?"

남편이 웃으며 얘기하지.

"당신도 그래."

79

창밖에 비가 세차게 내리는데도 너는 비가 오는 줄 몰랐어. 너는 요즘 빗소리도 아주 작게만 느껴지지. 잘 안 들리니까 목소리도 자연스럽게 커졌어.

나는 걱정이 되었지. 혹시 화가 난 건 아닐지 사람들이 오해를 할까봐 말야. 어린 사람일수록 너의 목소리가 왜 큰지 잘 모르기도 하거든. 그래서 너는 작게 말하려고 노력하지만 정확하게 말했는지 가끔은 걱정을 해.

내 걱정은 너도 너의 남편도 말이 부쩍 줄었다는 거야. 왠지 쓸쓸해. 네가 무슨 생각을 하는지 도통 잘 모르겠어. 그래, 차라리 목소리가 큰 게 더 나은 것 같아.

80

오후 두시, 너는 집안 창문을 모두 열고 햇빛이 가장 잘 드는 발코니 의자에 느슨히 앉아 라디오를 듣고 있어. 특별한 일이 없는 날의 너의 일상이지. 느리게 지나가는 오후에 우리는 정지한 듯 앉아 있네.

할머니 냄새가 난다는 얘기를 들었을 때 속상해하던 너를 생각해. 너는 후각이 무뎌져서 이제 냄새를 거의 기억으로만 알고 있지. 냄새는 자연스러운 거지만 너무 많이 나는 건 싫은 일이야. 이제는 샤워뿐만 아니라 햇빛 샤워가 필요하고 틈틈이 환기도 필요하지.

오늘은 날씨가 정말 화창해. 멀리 건물들 사이로 멈춘 듯 느리게 지나가는 구름이 보이니?

꼭 우리 같아.

81

요즘은 매일 아침 야채수프를 끓이고 있어.

남편이 아파서 아무것도 입에 대지 못할 때 이 수프를 찾았었지. 그리고 아들도 가끔씩 이 수프를 보내달라며 연락이 와.

이젠 너의 미각이 많이 둔해져서 맛을 잘 못 느끼지만, 국자를 저어 야채를 건드려보고 보글거리는 소리와 김의 양만으로도 어떤 맛인지 알 수가 있어.

아무리 슬펐던 사람도 너의 야채수프를 먹으면 입가에 미소가 걸리지. 그럴 때 너는 정말 인정받고 존중받고 있는 기분이 들어.

82

얼른 겨울이 와서 인조 밍크 털모자를 쓰고 싶어.

빛바랜 그 모자를 쓰면 옛 영화 속 주인공이 된 것처럼 느껴진다고. 모자를 본 사람들은 꼭 어디서 샀느냐고 물어보지. 그럼 넌 이십 년도 넘은 모자라고 말하면서 웃어.

아참, 근데 그 모자 정말 어디서 샀더라? 네가 샀던 것 같기도 하고 선물받았던 것 같기도 한데 말야.

83

동네 병원에 들르는 게 습관처럼 되어버렸어.

이제 너는 이곳이 무섭지도 않고 너의 집의 한 공간인 듯 편안하게 느껴지지. 오늘은 남편과 같이 병원에 왔어. 번호표를 받고 대기실에 앉아 함께 티브이를 보았지. 남편이 너의 웃는 모습이 참 예쁘다고 말하네.

그동안 참 많은 일들이 지나갔는데, 그래도 웃었던 날들이 더 많았지. 너는 생각도 고민도 많았지만 밝고 씩씩한 사람이었으니까. 네 웃음의 흔적들이 눈가와 입가에 그림처럼 남았어.

너는 남편의 말이 쑥스러워 뭐 잘못한 게 있느냐고 묻네.

그런데 내가 봐도 넌 정말 웃는 모습이 예쁜 할머니야.

84

예전에는 머리를 자르면 바닥으로 툭툭 떨어졌는데, 이제는 하얀 나비처럼 가볍게 날아오르네. 언제 내가 이렇게 가벼워진 걸까. 태어나서 처음으로 이렇게 짧게 머리를 자른 것 같아.

머리를 자르고 나서 남편과 거울을 보니 남편이 우리가 형제처럼 보인다며 웃네. 너는 자매같이 보이는 거라고 웃었지.

이제 드디어 남편이 너와 닮았다는 걸 인정하게 된 거야.

85

아들은 네가 갈 곳을 이미 알고 있지.

“엄마, 도서관 갈 때 무릎담요 챙겨 가세요.”

이제 너는 누구라도 찾아낼 수 있을 정도로 늘 같은 시간 같은 공간에 머물러. 너는 익숙한 공간이 조금은 낡아 편안해진 코트처럼 아늑하지.

똑같은 짧은 머리를 한 사람들이 도서관 벤치에 앉아 서로 얘기를 주고받고 있어. 너는 요즘 듣는 게 더 편안해. 사실은 이야기보다 누군가가 옆에 있는 그 느낌이 좋지.

오늘은 가을 햇살이 가득하네. 너는 담요에 손을 올리고 꾸벅꾸벅 졸았지. 발밑에 길고양이 한 마리가 잠들어 있는 줄도 모르고.

86

너는 너무나 갑작스럽게 혼자가 되어버렸어.

남편은 하얀 침대 위에 누워 먼저 가서 기다린다고, 하지만 천천히 오라고 네게 말했지. 너는 마음이 무너져 어떻게 해야 할지를 모르겠네. 몸의 절반이 잘려나가는 것 같았지.

며칠이 지나 집으로 돌아오니 모든 공간에 남편의 흔적들이 가득해. 옷도 사진도 체스판도 즐겨 듣던 레코드도 그리고 빗에 남은 남편의 가는 머리카락까지.

모든 게 그대로인데 어떻게 사람만 사라질 수가 있는 거지.

87

너의 손녀가 너를 미용실에 데리고 왔어.

너는 끝까지 안 간다고 입구에서까지 실랑이를 했지. 그때 손녀가 너의 손을 꼭 잡고 소원이라고 이야기를 해.

난 오랜만에 염색약 냄새를 맡으려 했는데 이제는 약이 좋아져서 냄새도 나지 않나봐. 밤비색이라니, 그 귀여운 아기 사슴의 눈망울이 가물가물 떠오를 것도 같아.

세상에, 염색을 끝마친 너는 서른 살은 젊어 보이는 것 같네. 거봐, 얼굴에 생기가 돌잖아.

뒤늦게 도착한 아들과 며느리도 네가 정말 예쁘다고 말하네. 너는 이제 거울에 비친 너의 얼굴에는 관심이 없지만 가족들이 웃으니 얼떨결에 함께 웃네.

이제 너를 가꾸는 건 너의 가족들의 행복을 위해서도 매우 중요한 거라고.

88

요즘은 아주 작은 일만 해도 갑자기 오후가 되고 어느샌가 저녁이 되는 것 같아.

때로는 옛일을 떠올려보는 것만으로도 하루가 훌쩍 지나가버리지.

89

너는 요양원에 들어가기로 했어.

오래전부터 생각한 일이지만 실행으로 옮기기는 정말이지 어려웠지. 집안에 가득한 남편의 흔적 그리고 아들의 물건들 때문이었을 거야. 네가 떠나버리면 지켜줄 사람이 정말 없어지는 거니까 마음먹기가 쉽지 않았던 거지.

익숙한 것들과 헤어지는 건 힘든 일이지만 넌 정말 용감한 사람이야. 아들을 떠나보낼 때도, 엄마와 작별했을 때도, 혼자되었던 그날도 너는 모두 잘 이겨냈으니까 이번에도 잘해낼 거라 믿어.

현관문을 열고 나왔을 때 너는 눈물이 나오려 했지만 뒤돌아 마지막으로 집안을 둘러보았어. 이제 이 추억들은 아들이 잘 지켜줄 거야. 너는 새로운 삶을 시작하는 거야.

오래전 네가 집에서 독립했을 때가 생각이 나네. 요즘은 무엇을 해도 다 옛날 기억들과 이어지니 참 이상한 일이야.

90

반짝거리고 바스락거리는 포장지를 풀고 상자를 열었더니 그 속에 꽃밭이 있는 것 같았지.

보들보들 봄꽃 가득한 실크 원피스가 들어 있네. 너는 화려한 옷들을 안 좋아했는데 이렇게 잘 어울리잖아. 가늘어진 팔로 치마 끝을 잡고 흔드니 너는 꼭 꽃밭의 나비 같구나. 나도 함께 바람에 흔들리며 꽃 없이도 봄 향기를 맡고 있지. 다들 예쁘다고 함박웃음을 보내주네.

생일 축하해!

91

아들이 와서 너의 손을 잡고 옛날이야기들을 들려줘.

이상하지, 정말 그런 일들이 있었던 걸까? 너는 진지하게 귀를 기울이고 까르르 웃기도 하고 또 묻기도 하지.

옛날 기억들이 이젠 정말 멀게 느껴져. 그리고 가끔은 그 이야기들이 너의 이야기가 아닌 다른 사람의 이야기 같기도 해.

92

거울을 보니 이젠 머리카락보다 두상이 더 많이 보이네.

생각해보니 언제부터인가 드라이어로 머리를 말리지 않았던 것 같아.

나는 하얀 봄 아지랑이같이 작은 움직임에도 하늘거려.

93

누군가 동그란 은색 손거울을 너에게 보여줬어.

낯선 얼굴이 거울 안에 있네.

예쁘다고, 소녀 같다고 누군가가 칭찬을 해줘.

거울 속 얼굴이 소녀처럼 웃네.

94

향긋한 라일락 꽃나무 옆 벤치에 앉아 친구와 이야기를 하고 있어.

서로 전혀 다른 이야기를 하고 있네. 그런데 무슨 말을 하는지는 모르지만 참 안심이 된다는 거야. 이해를 못해도 고개를 끄덕이고 대답도 해주지.

잠시 이야기가 멈추면 한참을 서로 다른 곳을 바라봐. 하늘을 보는 걸까 꽃을 보는 걸까. 갑자기 날아든 보라색 꽃잎을 보며 함께 까르르 웃고 느릿느릿 다시금 이야기를 시작하네.

95

너는 창가 앞에서 문득 슬픈 일도 기쁜 일도 일어나지 않는 고요한 하루가 어쩌면 가장 행복한 날일지도 모르겠다는 생각이 들었어.

96

엄마 배 속에 있을 때처럼 요즘 몸이 동그랗게 말리고 있는 느낌이야.

잠을 잘 때도 허리를 모아 몸을 웅크리는 게 편안하지.

정말 이상하지 않니? 우리가 다시 아기처럼 변하고 있는 게 말야.

97

기억하니? 그 배냇머리 붓.

그게 어디 있을까 한참을 생각했어. 집에 둔 것 같기도 하고 지금 누워 있는 침대 밑 박스에 둔 것 같기도 하지. 나는 다시 그 옛날 붓 머리카락처럼 보드랍게 변했어. 그리고 우리는 다시 그때처럼 누군가의 보살핌을 받고 있지. 마음이 슬프기도 했다가 담담하기도 했다가 외롭기도 했다가 그래. 생각을 옮겨갈 때마다 계절이 바뀌는 것 같아.

시간이 너무 빠르게 지나가다 사라져버리기도 하는 걸까?

98

노란 털모자를 집어들었어.

요즘은 실내에서도 쓰는 가장 좋아하는 모자지. 나보다 더 부드러운, 어색함이 느껴지지 않는 모자야. 이제는 이 털모자가 나를 대신해.

너는 겨울 햇살을 정말 좋아하지. 정원을 돌다 네가 좋아하는 라일락 나무 아래에 섰어. 더 가까이 가니 연녹색 줄기가 싱그럽게 자리를 잡고 있네.

너와 나 같지 않아?

앙상해 보이지만 아이처럼 수많은 생각이 흐르고 모든 걸 편안하게 사랑하고 있으니 말야.

99

오늘 신기한 일이 생겼어.

세상에, 네가 드디어 내게 말을 건 거야!

“그동안 정말 고생했어. 태어날 때부터 지금까지 가장 가까운 곳에서 함께한 건 너뿐이네.”

너는 가느다란 손으로 아기 때처럼 변한 나를 찬찬히 쓰다듬어 줬지.

“이렇게 같이 있어줘서 고맙다.”

나는 속상했던 일들을 모두 잊기로 했어.

아니, 이제 생각도 나지 않는 것 같아.

100

생일 파티중이야.

이렇게 많은 사람이 다 누구인지 모르겠지만, 다들 즐겁게 너에게 말을 걸고 또 행복하게 미소 지어줘. 너의 생일에 이렇게 사람들이 즐거울 수 있다니 우리가 대단한 일을 한 것 같은데?

무엇이 된다는 것, 먼 옛날 너의 엄마가 말해준 그 말의 뜻도 이제는 알 것 같아.

누군가가 휠체어를 밀어 우리를 테라스로 데려왔어.

밤하늘 가득 별이 빛나고 있는 것 같아. 눈으로 보지 않아도 별빛이 느껴지지?

여름밤 공기도 나긋하고 좋아. 정말 좋은 순간이야.

내일은 또 무슨 일이 생길까, 궁금하지 않니?

모락모락

초판 인쇄 2022년 10월 7일
초판 발행 2022년 10월 21일

지은이 차홍 키미앤일이
책임편집 김봉곤 | 편집 염현숙
디자인 신선아
마케팅 정민호 이숙재 박치우 한민아 이민경 안남영 왕지경 김수현 정경주
브랜딩 함유지 함근아 김희숙 고보미 박민재 박진희 정승민
제작 강신은 김동욱 임현식 | 제작처 천광인쇄사(인쇄) 신안제책사(제본)

펴낸곳 ㈜문학동네 | 펴낸이 김소영
출판등록 1993년 10월 22일 제2003-000045호
주소 10881 경기도 파주시 회동길 210
전자우편 editor@munhak.com | 대표전화 031) 955-8888 | 팩스 031) 955-8855
문의전화 031) 955-3578(마케팅) 031) 955-2660(편집)

문학동네카페 http://cafe.naver.com/mhdn
인스타그램 @munhakdongne | 트위터 @munhakdongne
북클럽문학동네 http://bookclubmunhak.com

ISBN 978-89-546-8913-7 03810

www.munhak.com